Перверзните Сестри

Перверзните Сестри

Aldivan Torres

aldivan teixeira torres

CONTENTS

1 | Обиколка в град Рибарски град   1

1

Обиколка в град Рибарски град

" Перверзните Сестри"

Aldivan Torres

Перверзните Сестри

Автор: Aldivan Torres
2020- Aldivan Torres
Всички права запазени

Тази книга, включително всички нейни части, е защитена с авторски права и не може да бъде възпроизвеждана без разрешението на автора, препродадена или прехвърлена.

Алдиван Торес, роден в Бразилия, е литературен художник. Обещава със своите писания да зарадва обществеността и да го доведе до удоволствията на удоволствието. В края на краищата сексът е едно от най "хубавите неща, които има.

Посвещение и благодаря

Посвещавам тази еротична серия на всички сексуални любовници и перверзии като мен. Надявам се да отговоря на очакванията на всички луди умове. Започвам тази работа тук с убеждението, че Амелиня, Белиня и приятелите им ще направят история. Без повече приказки, прегръдка за читателите ми.

Добро четене и много забавно.

С обич, авторът.

Презентация

Амелинха и Белиня са две сестри родени и отгледани във вътрешността на Пернамбуко. Дъщерите на земеделските бащи знаеха по-рано как да се изправят пред жестоките трудности на селския живот с усмивка на лицето си. С това те достигаха личните си завоевания. Първият е одитор на публичните финанси, а другият, по-малко интелигентен, е общински учител по основно образование в зелена арка.

Въпреки че те са щастливи професионално, двамата

имат сериозен хроничен проблем с връзките, защото никога не са намерили своя принц очарователен, който е мечтата на всяка жена. Най-големият Белиня, дойде да живее с мъж за известно време. Но това, което е предизвикало в малките му сърдечни травми. Била принудена да се раздели и обещала да не страда повече заради мъж. Амелинха, горката, тя дори не може да се сгоди. Кой иска да се ожени за Амелинха? Тя е нахална брюнетка, слаба, средна височина, меден цвят, средна задник, гърди като диня, гърди, дефинирани отвъд пленителна усмивка. Никой не знае какъв е истинският й проблем, или по-скоро и двете.

Във връзка с междуличностните им отношения, те са много близо до споделяне на тайни между тях. Откакто Белиня е предадена от негодник, Амелиня е взела болките на сестра си и също е тръгнала да си играе с мъже. Двете станаха динамично дуо познато като "Перверзните сестри". Въпреки това, мъжете обичат да си играят. Това е защото няма нищо по-добро от това да обичаш Белиня и Амелинха дори за момент. Ще научим ли историите им заедно?

Перверзните Сестри

Посвещение и благодаря

Презентация

Черният

Огънят

Медицинска консултация

Частен урок

Тест за конкуренция

Завръщането на учителя
Маниакален клоун
Обиколка в град Рибарски град

Черният

Амелинха и Белиня, както и велики професионалисти и любовници, са красиви и богати жени, интегрирани в социалните мрежи. Освен самата секс, те също се опитват да си намерят приятели.

Веднъж, един мъж влезе във виртуалния чат. Прякорът му беше "Черният човек". В този момент тя скоро трепери, защото обичаше чернокожи мъже. Според легендата те имат неоспорим чар.

" Тип се обади на благословения черен мъж.

Оттовори на интригуващата Белиня.

" Всичко е чудесно. Лека нощ!

" Лека нощ. Обичам чернокожите!

" Това ме докосна дълбоко! Но има ли специална причина за това? Как се казваш?

" Ами, причината е, че със сестра ми харесваме мъже, ако ме разбираш Колкото до името, макар че това е много лична среда, нямам какво да крия. Казвам се Белиня. Приятно ми е.

" Удоволствието е изцяло мое. Казвам се Флавий и съм много мил!

" Усетих твърдост в думите му. Искаш да кажеш, че интуицията ми е вярна?

" Не мога да отговоря на това, защото това ще сложи край на цялата мистерия. Как се казва сестра ти?

" Името й е Амелинха.

Амелинха! Красиво име! Можеш ли да се опишеш физически?

" Аз съм руса, висока, силна, дълга коса, голям задник, средни гърди, и имам скулптурно тяло. А ти?

„Черен цвят, 1 метър и 80 сантиметра високо, силно, забелязано, дебели ръце и крака, чиста, опърлена коса и определени лица.

" Възбуждаш ме!

" Не се притеснявай за това. Кой ме познава, никога не забравя?

" Сега искаш да ме подлудиш?

Извинявай, скъпа! Просто да добавим малко чар към разговора ни.

на колко години сте?

" 25 години и твоите?

" Аз съм на 38 години и сестра ми 34. Въпреки разликата във възрастта, ние сме много близки. В детството се обединихме да преодолеем трудностите. Когато бяхме тийнейджъри, споделихме мечтите си. А сега, в зрелостта, споделяме постиженията и разочарованията си. Не мога да живея без нея.

" Чудесно! Това чувство е много красиво. Имам желание да се срещна с двама ви. Тя палава ли е като теб?

" В добрия смисъл тя е най-добрата в това, което прави. Много умна, красива и учтива. Предимството ми е, че съм по-умен.

" Но не виждам проблем в това. Харесвам и двете.

" Наистина ли ти харесва? Амелинха е специална жена. Не защото ми е сестра, а защото има огромно сърце. Малко ми е жал за нея, защото тя никога не е имала младоженец. Знам, че мечтата й е да се ожени. Тя се присъедини към мен във въстание, защото бях предаден от другаря си. Оттогава търсим само бързи връзки.

" Напълно разбирам. Аз също съм перверзни. Но нямам специална причина. Просто искам да се насладя на младостта си. Изглеждате страхотни хора.

" Много благодаря. Наистина ли си от Зелена арка?

" Да, от центъра съм. А ти?

" от квартала Сан Кристобал.

" Чудесно. Сама ли живееш?

" Да. Близо до автогарата.

" Днес мъж ще ви посети ли?

" С удоволствие. Но трябва да се справиш и с двете. Ясно?

" Не се тревожи, любов. Мога да се справя до три.

" А, да! Вярно е!

Ще ми обясните ли къде е?

" Да. За мен ще е удоволствие.

" Знам къде е. Идвам!

Черният мъж напусна стаята и Белиня също. Възползва се от нея и се премести в кухнята, където се срещна със сестра си. Амелинха миеше мръсните чинии за вечеря.

" Лека нощ и на теб, Амелиня. Няма да повярваш. Познай кой ще дойде?

" Нямам представа, сестро. Кой?

" Флавиус. Срещнах го във виртуалната чат стая. Днес той ще бъде нашето забавление.

" Как изглежда?

" Това е Черният човек. Някога спирал ли си да мислиш, че ще е хубаво? Горкият човек не знае на какво сме способни!

Наистина е така, сестро! Да го довършим.

Той ще падне с мен! „Саид Белиня.

" Не! Ще бъде с мен "Репликирана Амелинха.

Едно е сигурно: с един от нас той ще падне" заключи Белиня.

Истина е! Какво ще кажеш да приготвим всичко в спалнята?

" Добра идея. Ще ти помогна!

Двете ненаситни кукли отидоха в стаята и оставяйки всичко организирано за пристигането на мъжкия. Щом свършат, ще чуят звънеца.

Той ли е, сестро? „Попита Амелинха.

" Да проверим заедно! „Той покани Белиня.

" Хайде! Амелинха се съгласи.

Стъпка по стъпка, двете жени минаха през вратата на спалнята, минаха през трапезарията и после пристигнаха в хола. Отидоха до вратата. Когато го отворят, те се сблъскват с очарователната и мъжествена усмивка на Флавий.

" Лека нощ! Ясно? Аз съм Флавий.

" Лека нощ. Пак заповядай. Аз съм Белиня, която говореше с теб на компютъра, а това сладко момиче до мен е сестра ми.

" Приятно ми е, Флавиус! „Амелинха каза.

" Приятно ми е. Може ли да вляза?

" Разбира се! „Двете жени отговарят едновременно.

Жребецът е имал достъп до стаята, като наблюдава всеки детайл от декора. Какво се случва в този врящ ум? Той беше особено докоснат от всяка от тези женски екземпляри. След кратък момент, той погледна дълбоко в очите на двете курви:

" Готов ли си за това, за което дойдох?

" Готови за "Потвърдено влюбените!

Триото спря здраво и извървя дълг път до по-голямата стая на къщата. Като затворят вратата, бяха сигурни, че раят ще отиде по дяволите за секунди. Всичко беше перфектно: подреждането на кърпите, секс играчките, порно филма, който свиреше по тавана и романтичната музика. Нищо не може да отнеме удоволствието от една велика вечер.

Първата стъпка е да седнеш до леглото. Черният мъж започна да сваля дрехите на двете жени. Желанието им за секс беше толкова голямо, че предизвикаха малко тревожност в тези сладки дами. Свалял е ризата си, показвайки гръдния кош и корема добре изработени от ежедневната тренировка във фитнеса. Средните ти косми из целия регион са повдигнали въздишки от момичетата. След това, той си свали панталоните, позволявайки гледката на бельото си, което показва обема и мъжествеността си. В този момент им позволил да докоснат органа, да го направи по-изправен. Без тайни, той изхвърли бельото си, показвайки всичко, което Бог му е дал.

Той беше 22 сантиметра дълъг, 14 сантиметра в

диаметър, достатъчно, за да ги подлуди. Без да си губим времето, те паднаха върху него. Започнаха с любовната игра. Докато единият си глътнал члена в устата, другият облизал торбите за скритом. В тази операция минаха три минути. Достатъчно дълго, за да е напълно готова за секс.

После започна да прониква в единия и после в другия без предпочитания. Честотата на совалката предизвика стонове, писъци и множество оргазми след акта. Беше 30 минути вагинален секс. Всеки половин път. После завършиха с орален и анален секс.

Огънят

Беше студена, тъмна и дъждовна нощ в столицата на всички задни гори на Пернамбуко. Имаше моменти, когато предните ветрове достигнаха 100 километра в час плашейки бедните сестри Амелиня и Белиня. Двете перверзни сестри се срещнаха в хола на обикновеното им жилище в квартала "Свети Кристофър". Без нищо да се направи, те говореха щастливо за общи неща.

Как мина денят ти в офиса?

„Същата стара работа: организирах данъчното планиране на данъчната и митническата администрация, управлявах плащането на данъци, работех в превенцията и борбата с укриването на данъци. Това е трудна работа и скука. Но награждаването и добре платеното. А ти? Как беше в училище? "Попита Амелинха.

" В клас, аз преминах съдържанието, водейки учениците по най-добрия начин. Поправих грешките и взех два мобилни телефони на студенти, които пречат на класа. Също така давах уроци по поведение, стойка, динамика и полезен съвет. Освен да съм учител, аз съм им майка. Доказателство за това е, че в почивката, проникнах в класа на студентите и заедно с тях играехме на джапанки, хула, хоп, удар и бягане Според мен училището е вторият ни дом и трябва да се грижим за приятелствата и човешките връзки, които имаме от него" отговори Белиня.

"Брилянтно, малката ми сестричке. Работата ни е страхотна, защото осигуряват важни емоционални и взаимодействия между хората. Никой човек не може да живее в изолация, камо ли без психологически и финансови ресурси", анализира Амелинха.

" Съгласен съм. Работата е от съществено значение за нас, тъй като ни прави независими от преобладаващата чекистка империя в нашето общество "каза Белиня.

" Именно. Ще продължим с нашите ценности и отношения. Човекът е добър само в леглото " наблюдавана Амелинха.

"Като говорим за мъже, какво мислиш за Крисчън? „Белиня попита.

" Той изпълни очакванията ми. След такова преживяване, инстинктите и умът ми винаги искат повече вътрешно недоволство. Какво е мнението ти? „Попита Амелинха.

"Беше добре, но също така се чувствам като теб - непълна. Аз съм суха от любов и секс. Искам все повече и повече. Какво имаме за днес? „Саид Белиня.

" Нямам идеи. Нощта е студена, тъмна и тъмна. Чуваш

ли шума отвън? Има много дъжд, силен вятър, светкавица и гръмотевици. Страх ме е! "Саид Амелинха.

" Аз също! "Белиня призна.

В този момент, в Зелена арка се чува гръмотевична мълния. Амелинха скача в скута на Белиня, който крещи на болка и отчаяние. В същото време липсва електричество, което ги прави отчаяни.

" Сега какво? Какво ще правим, Белиня? "Попита Амелинха.

" Махни се от мен, кучко! Ще донеса свещите! "Саид Белиня. Белиня внимателно бутна сестра си до дивана, докато опипваше стените, за да стигне до кухнята. Тъй като къщата е относително малка, не отнема много време, за да завърши операцията. Използвайки такт, той взема свещите в шкафа и ги запалва с кибрита, стратегически поставени върху печката.

С осветлението на свещта тя спокойно се връща в стаята, където той среща сестра си с мистериозна усмивка широко отворена на лицето си усмивка. Какво е намислила?

" Можеш да изпуснеш отдушника, сестро! Знам, че си мислиш нещо", каза Белиня.

" Ами ако се обадим на пожарната в града да предупреди за пожар? Каза Амелиня.

" Нека да изясним. Искаш да измислиш измислен огън, за да примамиш тези мъже? Ами ако ни арестуват? "Белиня се страхуваше.

" Моят колега! Сигурен съм, че ще харесат изненадата. Какво по-добро трябва да правят в тъмна и скучна нощ като тази? "Каза Амелиня.

" Прав си. Ще ти благодарят за забавлението. Ще разбием огъня, който ни погълне отвътре. Сега, въпросът идва: кой ще има смелостта да ги нарича? „Попита Белиня.

"Много съм срамежлив. Оставям тази задача на теб, сестра ми, каза Амелиня.

"Винаги аз. Добре. Каквото и да стане, се случи, Белиня е заключила.

Като станеш от дивана, Белиня отива на масата в ъгъла, където е инсталиран мобилният. Тя се обажда на пожарната за спешни случаи и чака да бъде отговорено. След няколко докосвания, той чува дълбок, твърд глас, говорещ от другата страна.

" Лека нощ. Тук е пожарната. Какво искаш?

" Казвам се Белиня. Живея в квартала "Свети Кристофър" тук, в Зелена арка. Сестра ми и аз сме отчаяни от този дъжд. Когато токът спря тук, в къщата ни, предизвика късо съединение, започвайки да запалва предметите. За щастие, сестра ми и аз излязохме. Огънят бавно поглъща къщата. Нуждаем се от помощта на пожарникарите", каза, че е стресирало момичето.

" Спокойно, приятелю. Скоро ще сме там. Можете ли да ни дадете подробна информация за местоположението си? „Попита пожарникаря на служба.

" Къщата ми е точно на Сентрал Авеню, третата къща вдясно. Съгласен ли сте?

" Знам къде е. Ще бъдем там след няколко минути. Спокойно, каза пожарникаря.

" Чакаме. Благодаря! „Благодаря, Белиня.

Връщайки се на дивана с широка усмивка, двамата

свалиха възглавниците си и смъркаха с удоволствие. Не се препоръчва обаче, освен ако не са две курви като тях.

Около 10 минути по-късно чули почукване на вратата и отишли да го отворят. Когато отвориха вратата, те се изправиха срещу три магически лица, всеки с характерната си красота. Единият беше черен, висок 1,80, крака и средна ръка. Друг беше тъмен, 1 метър и 90 висок, мускулест и скулптурен. Третата беше бяла, къса, тънка, но много привързана. Белият иска да се представи:

" Здравейте, дами, лека нощ! Казвам се Роберто. Съседът се казва Матю и кафявият мъж Филип. Как се казвате и къде е пожарът?

" Аз съм Белиня, говорих с теб по телефона. Тази брюнетка е сестра ми Амелинха. Влез и ще ти обясня.

" Добре " Приеха тримата пожарникари едновременно.

Квинтетът влезе в къщата и всичко изглеждаше нормално, защото електричеството се върна. Те се настаняват на дивана в хола заедно с момичетата. Подозрителни, те водят разговор.

Огънят свърши, нали? „Матю попита.

" Да. Вече го контролираме благодарение на големи усилия", обясни Амелиня.

" Жалко! Исках да работя. В казармата рутината е толкова монотонна "каза Фелипе.

" Имам идея. Какво ще кажеш да работиш по по-приятния начин? "Белиня предложи.

" Искаш да кажеш, че си това, което си мисля? "Разпитва Фелипе.

" Да. Ние сме самотни жени, които обичат

удоволствието. В настроение за забавление? „Попита Белиня.

" Само ако тръгнете сега " отговори чернокож.

" Аз също съм вътре " потвърди кафявия човек.

" Изчакайте ме " Белият е свободен.

" Така че, нека " каза момичетата.

Квинта влезе в стаята и сподели двойно легло. После започна секс оргията. Белиня и Амелиня се редуваха да присъстват на удоволствието на тримата пожарникари. Всичко изглеждаше магическо и нямаше по-добро чувство от това да бъдеш с тях. С различни дарби, те изпитвали сексуални и позиционни вариации, създаващи перфектна картина.

Момичетата изглеждаха ненаситни в сексуалния си живот, което подлуди професионалистите. Преживяха нощта, правейки секс и удоволствието никога не свършваше. Не са си тръгнали, докато не са получили спешно обаждане от работа. Напуснаха и отидоха да отговорят на полицейския доклад. Дори и така, те никога няма да забравят това прекрасно преживяване заедно с "Перверзните сестри".

Медицинска консултация

Освети се на красивата пусто лица. Обикновено двете перверзни сестри се събуждаха рано. Но когато станаха, не се чувстваха добре. Докато Амелинха кихаше, сестра й Белиня се почувства малко задушена. Тези факти вероятно са дошли от предишната нощ на Войната на Вирджиния, където са пили, целували се по устата и са се смъркали в спокойната нощ.

Тъй като те не се чувстваха добре и без сила за нищо, те седяха на дивана религиозно мислейки какво да правят, защото професионалните ангажименти чакаха да бъдат решен.

" Какво ще правим, сестро? Нямам дъх и изтощен" каза Белиня.

" Разкажи ми! Имам главоболие и започвам да хващам вирус. Изгубихме се! "Саид Амелинха.

" Но не мисля, че това е причина да пропуснеш работата! Хората разчитат на нас! "Саид Белиня

" Успокойте се, да не се паникьосвате! Какво ще кажеш да се присъединим към добрите? "Предложена Амелинха.

" Не ми казвай, че си мислиш това, което си мисля... "Белиня беше изумен.

" Точно така. Да отидем на лекар заедно! Ще бъде голяма причина да пропуснем работата и кой знае, че не се случва това, което искаме! "Саид Амелинха.

" Чудесна идея! Какво чакаме? Да се приготвим! "Попита Белиня.

" Хайде! "Амелинха се съгласи.

Двамата отидоха в съответните им сгради Те бяха толкова развълнувани от решението; те дори не изглеждаха болни Всичко ли е било само тяхното изобретение? Прости ми, читателю, нека не мислим лошо за нашите скъпи приятели. Вместо това, ще ги придружим в тази вълнуваща нова глава от живота им.

В спалнята, те се къпеха в апартаментите си, обличаха

нови дрехи и обувки, сресаха дългата си коса, слагаха френски парфюм и после отидоха в кухнята. Там разбиха яйца и сирене, пълнейки две хляба и ядоха със студен сок. Всичко беше много вкусно. Въпреки това, те не го усещат, защото тревожността и нервността пред назначението на лекаря са огромни.

След всичко, което е готово, те напуснаха кухнята, за да излязат от къщата. С всяка стъпка, която направиха, малките им сърца, пулсиращи с емоции, мислейки в напълно ново преживяване. Благословени да са всички! Оптимизмът ги е взел и е нещо, което да бъде последвано от другите!

Отвън къщата отиват в гаража. Отваряйки вратата с два опита, те стоят пред скромната червена кола. Въпреки добрия им вкус за коли, те предпочитат популярните пред класиката от страх от общото насилие, присъстващо в почти всички бразилски региони.

Без забавяне, момичетата влизат в колата и излизат внимателно и един от тях затваря гаража, връщайки се в колата веднага след това. Която кара Амелиня с опит от 10 години. Белиня все още не е разрешена да кара.

Много краткият път между дома им и болницата е направен с безопасността, хармонията и спокойствието. В този момент, те имаха фалшиво чувство, че могат да направят всичко. Кон традиционен, те се страхуваха от неговата хитрост и свобода. Те самите бяха изненадани от предприетите действия. Не беше за нищо по-малко, че те се наричаха мръсни копелета!

Пристигайки в болницата, те са насрочили среща и

чакали да се обадим. В този момент те се възползваха от правенето на закуска и си разменяха съобщения чрез мобилното приложение с скъпите си сексуални прислуга. По-цинично и весело от тези, беше невъзможно да бъде!

След известно време е техен ред да бъдат видени. Неразделни, влизат в отдела. Когато това се случи, докторът почти получи инфаркт. Пред тях е рядко парче от мъж: висока руса, 1 метър и 90 сантиметра висока, брада, коса, мускулна опашка, мускулни ръце и гърди, естествени лица с ангелски поглед. Дори преди да успеят да изготвят реакция, той кани:

" Седнете и двамата!

" Благодаря! „Те казаха и двете.

Двамата имат време да направят бърз анализ на околната среда: пред масата за сервиране докторът, столът, в който седеше и зад килера. От дясната страна, легло. На стената, експресионистични картини от автора на Порти нари, който изобразява човека от провинцията. Атмосферата е много уютна, оставяйки момичетата спокойно. Атмосферата на отпускане се разваля от официалния аспект на консултацията.

" Кажете ми какво чувствате, момичета!

Това прозвуча неформално на момичетата. Колко сладък беше русият мъж! Сигурно е било вкусно да ядеш.

" Главоболие, неразположение и вирус! „Предупредих Амелинха.

" Аз съм без дъх и уморен! „Той претендира за Белиня.

Всичко е наред! Нека да погледна! Легни на леглото! „Докторът поиска.

Курвите едва дишаха по тази молба. Професионалистът ги накара да свалят част от дрехите си и ги усетил в различни части, които са причинили студени и студени потни поти. Осъзнавайки, че няма нищо сериозно с тях, прислужникът се шегува:

"Всичко изглежда перфектно! От какво искаш да се страхуваш? Инжекция в задника?

"Харесва ми! Ако е голяма и дебела инжекция още по-добре! „Саид Белиня.

" Ще се приложиш ли бавно, любов? „Саид Амелинха.

" Вече искате твърде много! „Забелязах клиничния лекар.

Внимателно затваряйки вратата, пада върху момичетата като диво животно. Първо, сваля останалите дрехи от телата. Това затяга либидото му още повече. Като е напълно гол, той се възхищава за момент на тези скулптурни същества. Тогава е негов ред да се покаже. Той се уверява, че ще си свалят дрехите. Това увеличава взаимодействието и интимността между групата.

С всичко готово, те започват предварителните предварителни действия за секса. Използвайки езика в чувствителни части като ануса, задника и ухото, което блондинката причинява мини удоволствие оргазми и при двете жени. Всичко вървеше добре, дори когато някой почука на вратата. Няма изход, той трябва да отговори. Той ходи малко и отваря вратата. По този начин, той се натъква на сестрата, тънък мулат, с тънки крака и много ниско.

" Докторе, имам въпрос за лекарството на пациента:

5 или 300 милиграма аспирин? „Попитах Роберто да покаже рецепта.

"500! „Потвърдено Алекс.

В този момент сестрата видя краката на голите момичета, които се опитваха да се скрият. Смееше се отвътре.

" Пошегувах се малко, а, докторе? Дори не се обаждай на приятелите си!

" Извинете! Искаш да се присъединиш към бандата?

„С удоволствие!

" Тогава ела!

Двамата влязоха в стаята, затваряйки вратата зад тях. Повече от бързо, мулатът се съблече. Напълно гол, показа дългата си, дебела, вена мачта като трофей. Белиня беше доволен и скоро му правеше орален секс. Алекс също настоя Амелинха да направи същото с него. След оралното, започнаха да се задушават. В тази част Белиня намира за много трудно да се задържи за чудовищния пенис на сестрата. Но щом влезе в дупката, удоволствието им беше огромно. От друга страна, те не усещаха никакви затруднения, защото пенисът им беше нормален.

После са правили вагинален секс на различни места. Движението на гърба и напред в кухнята предизвиква халюцинации в тях. След този етап четиримата се обединиха в групов секс. Това беше най-доброто преживяване, в което се изразходват останалите енергии. 15 минути по-късно и двамата бяха продадени. За сестрите, сексът никога няма да свърши, но е добър, както те бяха уважавани от слабостта на тези мъже. Не искат да пречат на работата си, те отказаха да вземат сертификата за обосновка на работата и личния си телефон. Напълно композирани, без да предизвикват вниманието на никого по време на кръстовището на болницата.

Пристигайки на паркинга, те влязоха в колата и започнаха да се връщат. Щастливи са, те вече си мислеха за следващата сексуална пакост. Перверзните сестри бяха наистина нещо!

Частен урок

Беше следобед, както всеки друг. Новобранците от работата, перверзните сестри бяха заети с домакинска работа. След като приключиха всички задачи, те се събраха в стаята да си починат малко. Докато Амелинха четеше книга, Белиня използва мобилния интернет, за да разгледа любимите си сайтове.

В един момент вторият вика на глас в стаята, което плаши сестра й.

„Какво има, момиче? Луд ли си? "Попита Амелинха.

„Току-що получих достъп до уебсайта на конкурсите, с благодарна изненада "информиран Белиня.

„ Разкажи ми още!

„Регистрациите на Федералния регион са открити. Да го направим?

„Добро решение, сестро! Каква е заплатата?

„Над 10 000 първоначални долара.

„Много добре! Работата ми е по-добра. Но ще направя

състезанието, защото се подготвям за други събития. Ще бъде експеримент.

„Справяш се много добре! ти ме окуражаваш. Не знам откъде да започна. Ще ми дадеш ли съвети?

„Купувайте виртуален курс, задавайте много въпроси на изпитвателните обекти, правете и повторно тестове, пишат обобщения, следи и изтегляне на добри материали в интернет, наред с други неща.

„Благодаря! Ще приема съветите ти! Но ми трябва нещо повече. Виж, сестро, след като имаме пари, какво ще кажеш да платим за частен урок?

„Не съм се замислял за това. Това е добра идея! Имате ли някакви предложения за компетентен човек?

„Имам много компетентен учител от Зелена арка в телефонните ми контакти Виж снимката му!

Белиня даде телефона на сестра си. Като видя снимката на момчето, тя беше във възторг. Освен красив, беше умен! Ще бъде перфектната жертва на двойката, която ще се присъедини към приятните.

„Какво чакаме? Хвани го, сестро! Трябва да учим скоро. „Амелинха каза.

„Дадено! „Белиня прие.

Станала е от дивана, започнала да набира номерата на номера на номера. След като се обади, ще отнеме само няколко минути да получиш отговор.

„Здравейте. Добре ли си?

„Всичко е страхотно, Ренато.

„Изпрати заповедите.

„Сърфирах в интернет, когато открих, че заявленията

за федерално регионално съдебно състезание са отворени. Веднага обявих съзнанието си за почтен учител. Помниш ли училищния сезон?

„Спомням си добре. Добри времена за тези, които не се връщат!

„Точно така! Имаш ли време да ни дадеш личен урок?

„ Какъв разговор, млада госпожице! За теб винаги имам време! Коя дата ще определим?

"Може ли да го направим утре в 2:00? Трябва да започваме!

„ Разбира се, че искам! С моя помощ, смирено казвам, че шансовете да преминеш нарастват невероятно.

„Сигурен съм в това!

Колко добре! Очаквайте ме в 2:00.

„ Много благодаря! Ще се видим утре!

„ До скоро!

Белиня затвори телефона и нарисува усмивка за другаря си. Като се замисля, Амелинха попита:

„Как мина?

„Той прие. Утре в 2:00 ще бъде тук.

Колко добре! Нервите ме убиват!

- Спокойно, сестро! Всичко ще е наред.

„Амин!

„Ще приготвим ли вечеря? Вече съм гладен!

"Добре запомнен.!

Двойката се премести от хола до кухнята, където в приятна среда говореше, играеше, сготви наред с другите дейности. Те са примерни фигури на сестри обединени от болка и самота. Фактът, че са били копелета в секса, само ги квалифицира още повече. Както знаете, бразилката има топла кръв.

Скоро след това те се сприятелявали около масата, мислейки за живота и неговите пороци.

"Ядейки това вкусно пиле Строганов, помня чернокожите и пожарникарите! Моменти, които никога не минават! „Белиня каза!

" На мен ли го казваш? Тези момчета са вкусни! Да не споменаваме и сестрата и доктора! И на мен ми хареса! "Запомниха Амелинха!

" Така е, сестро! Да имаш красива мачта всеки мъж става приятен! Нека феминистките ми простят!

"Не е нужно да сме толкова радикални...!

Двамата се смеят и продължават да ядат храната на масата. За момент нищо друго нямаше значение. Изглеждаха самотни на света и това ги квалифицира като богини на красотата и любовта. Защото най-важното е да се чувстваш добре и да имаш самоуважение.

Уверени по себе си, те продължават в семейния ритуал. В края на този етап те сърфират в интернет, слушат музика в стерео, гледат сапунени опери и по-късно порно филм. Това бързане ги оставя без дъх и уморени, принуждавайки ги да си почиват в съответните стаи. Те с нетърпение чакаха на следващия ден.

Няма да е дълго, преди да заспят дълбоко. Освен кошмарите, нощта и зората се случват в нормалните обсега. Щом изгрее зазоряване, те стават и започват да следват нормалните обичайни Строганов методи: баня, закуска, работа, връщане вкъщи, вана, обяд, дрямка и се преместват в стаята, където чакат за планираното посещение.

Когато чуят, че чукат на вратата, Белиня става и отива да отговори. По този начин, той се натъква на усмихнатия учител. Това му е причинило добро вътрешно удовлетворение.

"Добре дошъл отново, приятелю! Готов ли си да ни научиш?

" Да, много, много готова! Благодаря отново за тази възможност! „Саид Ренато.

"Да влезем! „Саид Белиня.

Момчето не се замисля и прие молбата на момичето. Той поздрави Амелиня и по нейния сигнал, седна на дивана. Първото му отношение беше да свали черната блуза, защото беше твърде горещо. С това, той остави добре обработената си гърда в салона, потта капе и тъмнокожата си светлина. Всички тези детайли са естествен афродизиак за тези двамата "перверзии".

Да се преструваш, че нищо не се е случило, между тримата е започнал разговор.

" Добър клас ли сте подготвили, професоре? „Попита Амелинха.

" Да! Да започнем с каква статия? „Попита Ренато.

„Не знам... „Каза Амелиня.

" Какво ще кажеш първо да се позабавляваме? След като си свали ризата, се намокрих! „Изповяда Белиня.

„Аз също" каза Амелинха.

"Вие двамата сте сексуални маниаци! Не е ли това, което обичам? „Каза капитана.

Без да чака отговор, той свали сините си дънки, показвайки индукторните мускули на бедрото му, слънчевите си очила показващи сините си очила и накрая бельото му показва съвършенство на дългия пенис, средна дебелина и с триъгълна глава. Достатъчно за малките курви да паднат отгоре и да започнат да се наслаждават на това мъжествено, весело тяло. С негова помощ, те свалиха дрехите си и започнаха предварителните приготовления за секс.

Накратко, това беше прекрасна сексуална среща, където те преживяха много нови неща. Беше почти 40 минути див секс в пълна хармония. В тези моменти емоцията беше толкова велика, че дори не забелязаха времето и пространството. Затова те бяха безкрайни чрез Божията любов.

Когато стигнаха екстаз, си починаха малко на дивана. След това те изучават дисциплините, обвинени от конкуренцията. Като ученици двамата бяха полезни, интелигентни и дисциплинирани, които бяха отбелязани от учителя. Сигурен съм, че са били на път за одобрение.

Три часа по-късно, те напуснаха обещаващите нови срещи. Щастливи в живота, перверзните сестри отидоха да се погрижат за другите си задължения, които вече мислят за следващите си приключения. Те са известни в града като "Ненаситните".

Тест за конкуренция

Мина доста време. За около два месеца перверзните

сестри се посветиха на конкурса според наличното време. Всеки ден, който минаваше, те бяха по-подготвени за това, което дойде и си отиде. В същото време, имало сексуални срещи и в тези моменти те били освободени.

Денят на теста най-накрая дойде. Излизайки рано от столицата, двете сестри започнали да вървят по магистрала BR 232, по общ път 250 км. По пътя те преминаха през главните точки на вътрешността на държавата: рибарски град, красива градина, Сао Каетано, Каруару, Вратовръзка, прасци и Победа на Санто Антао. Всеки от тези градове имаше история за разказване и от опит, те я абсорбираха напълно. Колко хубаво беше да видиш планините, Атлантическите гори, Атлантическите гори, фермите, фермите, селата, малките градове и да глътнеш чистия въздух, идващ от горите. Пернамбуко беше наистина прекрасно състояние!

Влизат в градския периметър на столицата, те празнуват доброто осъзнаване на Пътешествието. Заведи главното авеню до квартала, където ще направят теста. По пътя те се сблъскват с задръстване, безразличие от непознати, замърсен въздух и липса на насоки. Но най-накрая успяха. Те влизат в съответната сграда, идентифицират се и започват теста, който ще продължи два периода. По време на първата част от теста те са напълно съсредоточени върху предизвикателството на въпросите с многократен избор Добре, подредени от банката, отговорна за събитието, предизвикали най-разнообразните подробности от двете. Според тях, те се справят добре. Когато си взеха почивката, отидоха на обяд и сок в ресторант пред сградата. Тези моменти бяха важни за тях да поддържат доверието си, връзката и приятелството си.

След това се върнаха на мястото на теста. След това започна втория период на събитието с въпроси, свързани с други дисциплини. Дори без да поддържат същото темпо, те все още са много възприемчиви в отговорите си. Те доказаха по този начин, че най-добрият начин за преминаване на конкурси е като посветиш много на ученето. Малко по-късно те прекратиха уверното си участие. Предадоха доказателствата, върнаха се в колата, приближаваха се към плажа, намиращ се наблизо.

По пътя те свиреха, включиха звука, коментираха състезанието и напреднаха по улиците на Ресифи, гледайки осветените улици на столицата, защото беше почти нощ. Чудят се на зрелището. Нищо чудно, че града е известен като "Столицата на тропиците". Слънцето залязва, като поглед на околната среда още по-великолепен. Колко хубаво да съм там в този момент!

Когато достигнали новата точка, те се приближили до бреговете на морето и след това изстреляли в студените и спокойни води. Чувствата са във възторг от радост, удовлетворение, удовлетворение и мир. Губят представа за времето, плуват до умора. След това, те лежат на плажа на звездна светлина без страх и тревога. Магията ги е взела брилянтно. Една дума, която трябваше да се използва в този случай, беше "Неизмерим".

В един момент, когато плажът почти пустинен, има подход за двама мъже от момичетата. Опитват се да се изправят пред опасността. Но те са спрени от силните ръце на момчетата.

" Успокойте се, момичета! Няма да те нараним! Искаме само малко внимание и привързаност! „Един от тях говори.

Изправени пред мекия тон, момичетата се смееха с емоции. Ако са искали секс, защо не ги задоволим? Те бяха господари в това изкуство. Отговаряйки на очакванията им, те се изправиха и им помогнаха да свалят дрехите си. Доставили са два презерватива и са направили стриптийз. Достатъчно е да подлудим тези двама мъже.

Падайки на земята, те се обичали по двойки и движенията им карали пода да се разклатят. Те си позволиха всички сексуални вариации и желания и от двете. На този етап на доставка не им пукаше за нищо или за никого. За тях те са били сами във вселената в голям ритуал на любовта без предразсъдъци. В секса те са били напълно преплетени, произвеждащи сила, която не е виждана. Подобно на инструментите, те са били част от по-голяма сила в продължението на живота.

Просто изтощението ги кара да спрат. Напълно доволен, мъжете напуснаха и си тръгваха. Момичетата решават да се върнат в колата. Те започват пътуването си обратно към дома си. Напълно добре, те взеха със себе си преживяванията си и очакваха добри новини за състезанието, в което участваха. Те със сигурност заслужаваха най-добрия късмет на света.

Три часа по-късно се прибраха в мир. Благодарят на

Бог за благословията, която е дала, като заспива. Онзи ден чакаш още емоции за двамата маниаци.

Завръщането на учителя

Осъмна. Слънцето изгрява рано с лъчите си, минаващи през пукнатините на прозореца, за да гали лицата на скъпите ни мацки. Освен това, сутрешният бриз помогна да създаде настроение в тях. Колко хубаво беше да имаш възможност за друг ден с благословията на татко. Бавно двете стават от леглата си почти едновременно. След къпане, срещата им се провежда в балдахина, където приготвят закуска заедно. Това е момент на радост, очакване и разсейване споделяне на преживявания в невероятно фантастични времена.

След закуската, те се събират на масата удобно седнали на дървени столове с облегалка за колоната. Докато ядат, обменят интимни преживявания.

Белиня.

Сестра ми, какво беше това?

Амелиня.

Чиста емоция! Все още помня всеки детайл от телата на тези скъпи кретени!

Белиня.

Аз също! Почувствах голямо удоволствие. Беше почти екстрасензорно.

Амелиня.

Знам! Да правим тези луди неща по-често!

Белиня.

Съгласен съм!

Амелиня.

Хареса ли ти теста?

Белиня.

Харесва ми. Умирам да проверя представлението си!

Амелиня.

Аз също!

Веднага след като свършиха с храненето, момичетата си вдигнаха мобилния, като влязоха в мобилния интернет. Те се насочиха към страницата на организацията, за да проверят обратната информация на доказателството Написали са го на хартия и отишли в стаята да проверят отговорите.

Вътре скачаха от радост, когато видяха хубавата нота. Те са преминали! Чувството не може да бъде овладяно в момента. След като празнува много, той има най-добрата идея: покани господаря Ренато, за да могат да отпразнуват успеха на мисията. Белиня отново отговаря за мисията. Вдига телефона си и се обажда.

Белиня

Ало?

Ренато

Здравей, добре ли си? Как си, сладка Бел?

Белиня

Много добре! Познай какво стана.

Ренато

Не ми казвай, че...

Белиня

Да! Преминахме състезанието!

Ренато

Моите поздравления! Не ти ли казах?

Белиня

Искам да ви благодаря за съдействието по всякакъв начин. Разбираш ме, нали?

Ренато.

Разбирам. Трябва да уредим нещо За предпочитане у вас.

Белиня.

Точно затова се обадих Може ли да го направим днес?

Ренато

Да! Мога да го направя тази вечер.

Белиня

Чудо. Очакваме ви в 8 часа през нощта.

Ренато

Добре. Мога ли да доведа брат си?

Белиня.

Разбира се!

Ренато

До скоро!

Белиня.

До скоро!

Връзката свършва. Гледайки сестра си, Белиня се смее на щастието Любопитно, другото пита:

Амелиня.

И какво? Идва ли?

Белиня.

Всичко е наред! В осем часа тази вечер ще се съберем

отново. Той и брат му идват! Мислил ли си за сексуална оргия?

Амелиня.

На мен ли го казваш! Вече съм пулсирал от емоции!

Белиня.

Нека има сърце! Надявам се да се получи!

Амелиня

Всичко е уредено!

Двата смях едновременно запълват околната среда с положителни вибрации. В този момент, не се съмнявах, че съдбата е заговорничила за вечер на забавата за този маниак дуо. Те вече бяха постигнали толкова много етапи заедно, че сега няма да отслабят. Затова те трябва да продължат да идолизират мъжете като сексуална игра и да ги изхвърлят. Това беше най-малкото състезание, което можеше да направи, за да си плати страданието. Всъщност, никоя жена не заслужава да страда. Или по-скоро, почти всяка жена не заслужава болка.

Време е за работа. Напускайки стаята, двете сестри отиват в гаража, където тръгват с частната си кола. Амелинха първо води Белиня на училище, а после замина за фермата. Там тя излъчва радост и казва професионалните новини. За одобрението на конкурса, той получава поздравления от всички. Същото се случва и с Белиня.

По-късно се връщат у дома и се срещат отново. Тогава започва подготовката за приемане на колегите ви. Денят обеща да бъде още по-специален.

Точно в графика, чуват да чукат на вратата. Белиня, най-умният от тях, става и отговори. С твърди и безопасни стъпки, той се поставя на вратата и я отваря бавно. След като приключи операцията, той си представя чифт братя. Със сигнал от домакинята, те влизат и се настаняват на дивана в хола.

Ренато.

Това е брат ми. Казва се Рикардо.

Белиня.

Приятно ми е да се запознаем, Рикардо.

Амелиня.

Добре дошли сте тук!

Рикардо.

Благодаря и на двама ви. Удоволствието е изцяло мое!

Ренато.

Готов съм! Може ли просто да отидем в стаята?

Белиня.

Хайде!

Амелиня.

Кой кого ще хване сега?

Ренато.

Сама избирам Белиня.

Белиня.

Благодаря ти, Ренато, благодаря ти! Ние сме заедно!

Рикардо.

Ще се радвам да остана с Амелинха!

Амелиня.

Ще трепериш!

Рикардо.

Ще видим!

Белиня.

Тогава нека партито започне.

Мъжете леко поставиха жените на ръката, носейки ги до леглата, намиращи се в спалнята на единия от тях. Пристигат на мястото, свалят дрехите си и се влюбват в красивите мебели, започвайки ритуала на любовта на няколко позиции, обменят галели и съучастничество. Вълнението и удоволствието бяха толкова големи, че продукцията на стоновете може да се чуе от другата страна на улицата скандализирайки съседите. Не толкова, защото вече знаеха за славата си.

С заключението от горе, любовниците се връщат в кухнята, където пият сок с бисквитки. Докато ядат, си говорят два часа, увеличават взаимодействието на групата. Колко хубаво беше да си там, да учиш за живота и как да бъдеш щастлив. Задръжката е добре със себе си и светът потвърждава преживяванията и ценностите си, преди другите да са сигурни, че не могат да бъдат съдени от другите. Затова максимумът, в който вярваха, е "Всеки е негов човек".

До залез слънце, най-накрая се сбогуват. Посетителите напускат "Скъпи Пиренеи" още по-еуфорични, когато мислят за нови ситуации. Светът просто се обръщаше към двамата довереници. Дано са късметлии!

Маниакален клоун

Неделя дойде и с него много новини в града. Сред тях е пристигането на цирк на име "Суперзвезда", известен в цяла Бразилия. Това е всичко, за което говорихме в района.

Любопитно по рождение, двете сестри програмираха да присъстват на откриването на шоуто, насрочено за тази нощ.

Близо до графика двамата вече бяха готови да излязат след специална вечеря за празника на неженения си човек. Облечени за галата, и двамата дефилираха едновременно, където напуснаха къщата и влязоха в гаража. Влизайки в колата, те започват с един от тях, който слиза и затваря гаража. С връщането на същото, пътуването може да бъде възобновено без допълнителни проблеми.

Напускайки окръг Сейнт Кристофър, се насочете към област Боа Виста в другия край на града, столицата на вътрешността с около осемдесет хиляди жители. Докато се разхождат по тихите булеварди, те са изумени от архитектурата, коледната украса, духовете на хората, църквите, планините, за които сякаш говорят, благоуханните каламбури, разменени в съучастие, звука на силен камък, френския парфюм, разговорите за политика, бизнес, общество, партита, североизточна култура и тайни. Както и да е, те бяха напълно спокойни, тревожни, нервни, както и концентрирани.

По пътя, мигновено, вали фин дъжд. Противно на очакванията, момичетата отварят прозорците на автомобила, като правят малки капки вода да смазват лицата им. Този жест показва тяхната простота и автентичност, истински самоастрални шампиони. Това е най-добрият вариант за хората. Какъв е смисълът от премахването на неуспехите, безпокойството и болката от миналото? Няма да ги заведат никъде. Ето защо те бяха щастливи чрез избора си. Въпреки че светът ги съди, на тях не им пукаше, защото притежаваха съдбата си. Честит рожден ден на тях!

На около десет минути навън те вече са на паркинга, прикрепен към цирка. Затварят колата, вървят няколко метра във вътрешния двор на околната среда. За да дойдат по-рано, те седят на първите трибуни. Докато чакате шоуто, те купуват пуканки, бира, пускат глупостите и мълчаливите каламбури. Нямаше нищо по-хубаво от това да си в цирка!

Четиридесет минути по-късно шоуто е инициирано. Сред атракциите са шеговити клоуни, акробати, трапец артисти, акробат, смърт глобус, магьосници, жонгльори, и музикално шоу. В продължение на три часа те живеят магически моменти, забавни, разсеяни, играят, влюбват се, най-сетне живеят. С разпадането на шоуто те се грижат да отидат в съблекалнята и да поздравят един от клоуните. Беше постигнал каскадата да ги развесели, сякаш никога не се е случвало.

На сцената трябва да получите линия. По стечение на обстоятелствата те са последните, които влизат в съблекалнята. Там те намират обезобразен клоун, далеч от сцената.

"Дойдохме тук, за да ви поздравим за страхотното ви шоу. В него има Божи дар! Гледаше Белиня.

"Вашите думи и жестове разтърсиха духа ми. Не знам, но забелязах тъга в очите ти. Прав ли съм?

"Благодаря и на двамата за думите. Как се казваш? Отговори клоунът.

"Казвам се Амелинха!

"Казвам се Белиня.

"Приятно ми е да се запознаем. Можеш да ме наричаш Жилберто! Преживяла съм достатъчно болка в този живот. Една от тях беше неотдавнашната раздяла със съпругата ми. Трябва да разберете, че не е лесно да се отделите от жена си след 20 години живот, нали? Независимо от това, аз съм доволен да изпълня изкуството си.

"Горкият човек! Съжалявам! (Амелинха).

"Какво можем да направим, за да го развеселим? (Белиня).

"Не знам как. След раздялата на жена ми тя ми липсва толкова много. (Жилберто).

— Можем да оправим това, нали, сестро? (Белиня).

"Разбира се. Ти си добре изглеждащ мъж. (Амелиня)

"Благодаря ви, момичета. Ти си чудесен. възкликна Жилберто.

Без да чака повече, белият, висок, силен, тъмноок мъжествен тръгна да се съблича и дамите последваха примера му. Голи, триото влезе в любовната игра точно там на пода. Повече от размяна на емоции и псувни, сексът ги забавляваше и ги развеселяваше. В тези кратки моменти те почувстваха части от по-голяма сила, любовта на Бог. Чрез любовта те достигнаха до по-големия екстаз, който човек можеше да постигне.

Завършвайки акта, те се обличат и се сбогуват. Още една стъпка и заключението, което дойде, беше, че човекът е див вълк. Маниакален клоун, който никога няма да забравиш. Вече не напускат цирка, движейки се към паркинга. Качват се в колата, тръгвайки обратно. Следващите дни бяха обещани още изненади.

Втората зора е дошла по-красива от всякога. Рано сутринта нашите приятели са доволни да усетят топлината на слънцето и бризът, който се скита в лицата им. Тези контрасти предизвикаха във физическия аспект на същото добро чувство на свобода, задоволство, удовлетворение и радост. Те бяха готови да посрещнат новия ден.

Въпреки това, те концентрират силите си, като кулминацията е тяхното повдигане. Следващата стъпка е да отидете в апартамента и да го направите с изключителна скитничество, сякаш са от щата Баия. Да не нараняваме скъпите си съседи, разбира се. Земята на всички светии е грандиозно място, пълно с култура, история и светски традиции. Да живее Баия.

В банята свалят дрехите си от странното усещане, че не са сами. Кой е чувал за легендата за русата баня? След маратон от филми на ужасите беше нормално да си навлечеш неприятности с него. В послешния миг те кимат с глава, опитвайки се да бъдат по-тихи. Изведнъж се стига до съзнанието на всеки един от тях, тяхната политическа траектория, тяхната гражданска страна, тяхната професионална, религиозна страна и техния сексуален аспект. Те се чувстват добре, че са несъвършени устройства. Те бяха сигурни, че качествата и дефектите добавят към тяхната личност.

Освен това те се заключват в банята. Отваряйки душа, те оставят горещата вода да тече през потните тела поради топлината от предната вечер. Течността служи като катализатор, абсорбиращ всички тъжни неща. Точно от това се нуждаеха сега: да забравят болката, травмата, разочарованията, безпокойството, опитвайки се да намерят нови очаквания. Настоящата година беше решаваща за това. Фантастичен обрат във всеки аспект от живота.

Процесът на почистване започва с използването на растителни гъби, сапун, шампоан, в допълнение към водата. В момента те усещат едно от най-хубавите удоволствия, което ви принуждава да запомните билета на рифа и приключенията на плажа. Интуитивно, дивият им дух моли за повече приключения в това, което остават, за да анализират възможно най-скоро. Ситуацията, благоприятствана от свободното време, постигнато в работата и на двамата, като награда за отдаденост на обществената служба.

За около 20 минути те оставят малко настрана целите си, за да изживеят отразяващ момент в съответната си интимност. В края на тази дейност те излизат от тоалетната, избърсват мокрото тяло с кърпата, носят чисти дрехи и обувки, носят швейцарски парфюм, внасят грим от Германия с истински хубави слънчеви очила и диадеми. Напълно готови, те се преместват в чашата с портмонетата си на лентата и се поздравяват щастливи от събирането благодарение на добрия Господ.

В сътрудничество те приготвят закуска от завист: кускус в пилешки сос, зеленчуци, плодове, сметана за кафе и бисквити. На равни части храната е разделена. Те редуват моменти на мълчание с кратка размяна на думи, защото са били учтиви. Завършена закуска, няма бягство извън това, което са възнамерявали.

— Какво предлагаш, Белиня? Скучно ми е!

"Имам умна идея. Помните ли човека, с когото се запознахме на литературния фестивал?

"Спомням си. Той беше писател, а името му беше Божествено.

"Имам номера му. Какво ще кажеш да се свържем? Бих искал да знам къде живее.

"Аз също. Страхотна идея. Направи го. Ще ми хареса.

"Добре!

Белина отвори чантата си, взе телефона си и започна да набира. След няколко минути някой оттваря на линията и разговорът започва.

"Здравейте.

"Здравей, Божествено. Добре?

"Добре, Белиня. Какво става?

"Справяме се добре. Виж, тази покана още ли е? Сестра ми и аз бихме искали да направим специално шоу тази вечер.

"Разбира се, че да. Няма да съжалявате. Тук имаме триони, изобилна природа, чист въздух отвъд страхотната компания. Днес също съм на разположение.

"Колко прекрасно. Чакай ни на входа на селото. В най-много 30 минути сме там.

"Всичко е наред. До скоро!

"Ще се видим по-късно!

Призивът приключва. С подправена усмивка, Белина се връща, за да общува със сестра си.

"Той каза "да". Тръгваме ли?

"Хайде. Какво чакаме?

И двамата парадират от чашата до изхода на къщата, затваряйки вратата зад себе си с ключ. След това се преместват в гаража. Те карат официалната семейна кола, оставяйки проблемите си зад гърба си в очакване на нови изненади и емоции на най-важната земя в света. През града, с включен силен звук, запазиха малката си надежда за себе си. Струваше си всичко в този момент, докато не се сетих за шанса да бъда щастлива завинаги.

С кратко време те поемат от дясната страна на магистрала BR 232. Така че, тя започва курса на курса към постижение и щастие. С умерена скорост те могат да се насладят на планинския пейзаж по бреговете на пистата. Въпреки че беше известна среда, всеки пасаж там беше повече от новост.

Преминаване през места, ферми, села, сини облаци, пепел и рози, сух въздух и гореща температура отиват. В програмираното време те стигат до най- селски от входа на бразилската вътрешност. Мимосо на полковниците, екстрасенса, непорочното зачатие и хора с висок интелектуален капацитет.

Когато спряха до входа на квартала, очакваха скъпия ти приятел със същата усмивка, както винаги. Добър знак за тези, които търсят приключения. Излизайки от колата, те отиват да се срещнат с благородния колега, който ги приема с прегръдка, която става тройна. Този миг сякаш не свършва. Те вече се повтарят, започват да променят първите впечатления.

"Как си, Божествено? попита Белиня.

"Добре, как си? Кореспондира с психиката.

"Чудесно! (Белиня).

"По-добре от всякога, допълни Амелинха.

"Имам страхотна идея. Какво ще кажете да се изкачим на планината Оруба? Точно преди осем години започна моята траектория в литературата.

"Каква красота! За мен ще бъде чест! (Амелинха).

"За мен също! Обичам природата. (Белиня).

"Така че, нека да вървим сега. (Алдиван).

Подписвайки се да следва, мистериозната приятелка на двете сестри напредва по улиците в центъра на града. Надолу вдясно, влизайки в частно място и вървейки около сто метра, ги поставя в дъното на триона. Те правят бързо спиране, за да могат да си починат и да се хидрати рат. Какво беше да изкачиш планината след всички тези приключения? Усещането беше мир, събиране, съмнение и колебание. Сякаш беше за първи път с всички предизвикателства, облагани от съдбата. Изведнъж приятелите се изправят срещу великия писател с усмивка.

"Как започна всичко? Какво означава това за вас? (Белиня).

"През 2009 г. животът ми се въртеше в монотонност. Това, което ме държеше жив, беше волята да Аз го изнасям, което чувствах в света. Тогава чух за тази планина и за силите на прекрасната му пещера. Няма изход, реших да рискувам в името на мечтата си. Събрах си багажа, изкачих планината, изпълних три предизвикателства, за които бях акредитиран, влязох в пещерата на отчаянието, най-смъртоносната, опасна пещера на света. Вътре в него надминах големите предизвикателства, като приключих, за да стигна до залата. Точно в този момент на екстаз се случи чудото, аз станах екстрасенс, всезнаещо същество чрез неговите видения. Досега имаше още двадесет приключения и няма да спра толкова скоро. Благодарение на читателите, постепенно, постигам целта си да завладея света.

"Вълнуващо. Аз съм твой фен. (Амелинха).

"Докосване. Знам как трябва да се чувствате, когато изпълнявате тази задача отново. (Белиня).

"Отлично. Чувствам смесица от добри неща, включително успех, вяра, нокти и оптимизъм. Това ми дава добра енергия, каза психиката.

"Добре. Какъв съвет ни давате?

"Нека запазим фокуса си. Готови ли сте да разберете по-добре за себе си? (господарят).

"Да. Съгласиха се и на двамата.

"Тогава ме последвай.

Триото възобнови начинанието. Слънцето се затопля, вятърът духа малко по-силно, птиците отлитат и пеят, камъните и тръните сякаш се движат, земята се тресе и планинските гласове започват да действат. Това е околната среда, която се представя при изкачването на триона.

С много опит мъжът в пещерата помага на жените през цялото време. Действайки по този начин, той постави на практика добродетели, важни като солидарност и сътрудничество. В замяна те му дадоха човешка топлина и неравномерно посвещение. Можем да кажем, че беше онова непреодолимо, неудържимо, компетентно трио.

Малко по малко те се изкачват стъпка по стъпка стъпките на щастието. Въпреки значителните постижения, те остават неуморни в стремежа си. В продължение те забавят малко темпото на разходката, но я поддържат стабилна. Както се казва, бавно отива далеч. Тази сигурност ги придружава през цялото време, създавайки духовен спектър от пациенти, предпазливост, толерантност и преодоляване. С тези елементи те имаха вяра да преодолеят всяко бедствие.

Следващата точка, свещеният камък, завършва една трета от курса. Има кратка почивка и те се радват да се молят, да благодарят, да обмислят и планират следващите стъпки. В правилната степен те се стремяха да задоволят своите надежди, страхове, болка, мъчения и скърби. Защото имат вяра, незаличим мир изпълва сърцата им.

С рестартирането на пътуването, несигурността, съмненията и силата на неочакваното се връща да действа. Въпреки че това може да ги уплаши, те носеха безопасността да бъдат в присъствието на Бог и малкото кълнове на вътрешността. Нищо или някой не би могъл да им навреди , просто защото Бог не би го позволил. Те осъзнаваха тази защита във всеки труден момент от живота, когато другите просто ги изоставяха. Бог всъщност е единственият ни верен приятел.

Освен това те са половината път. Изкачването остава проведено с повече отдаденост и мелодия. Противно на това, което обикновено се случва с обикновените катерачи, ритъмът помага за мотивацията, волята и доставката. Въпреки че не бяха спортисти, беше забележително представянето им за това, че са здрави и отдадени млади.

След завършване на три четвърти от маршрута очакванията стигат до непоносими нива. Колко време ще трябва да чакат? В този момент на натиск най-доброто нещо, което можеше да се направи, беше да се опитаме да контролираме инерцията на любопитството. Всичко това сега се дължеше на действията на противниковите сили.

С малко повече време те най-накрая завършват маршрута. Слънцето грее по-ярко, светлината на Бог ги осветява и излиза от пътека, пазителят и синът му Ренато. Всичко беше напълно преродено в сърцето на тези прекрасни малки. Те заслужаваха тази благодат за това, че работиха толкова усилено. Следващата стъпка на психиката е да се натъкне на здрава прегръдка със своите благодетели. Колегите му го следват и правят петорната прегръдка.

"Радвам се да те видя, сине Божий! Отдавна не съм те виждал! Майчинският ми инстинкт ме предупреди за подхода ти каза дамата на предците.

"Радвам се! Сякаш помня първото си приключение. Имаше толкова много емоции. Планината, предизвикателствата, пещерата и пътуването във времето белязаха моята история. Връщането тук ми носи добри спомени. Сега водя със себе си двама приятелски настроени воини. Те се нуждаеха от тази среща със свещения.

— Как се казвате, дами? попита пазителят на планината.

"Казвам се Белина и съм одитор.

"Казвам се Амелинха и съм учител. Живеем в Арко Верде.

"Добре дошли, дами. (Пазител на планината.)

"Благодарни сме! каза едновременно двамата посетители със сълзи, които минаваха през очите им.

"Аз също обичам новите приятелства. Това, че отново съм до господаря си, ми доставя особено удоволствие от неописуемите. Единствените хора, които знаят как да разберат това, сме двамата. Нали така, партньоре? (Ренато).

"Никога не се променяш, Ренато! Думите ти са безценни. С цялата си лудост, намирането му беше едно от хубавите неща на съдбата ми.

Моят приятел и брат ми отговориха на екстрасенса, без да пресметнат думите. Те излязоха естествено за истинското чувство, което подхранваше за него.

"Ние сме кореспондиране в една и съща мярка. Ето защо нашата история е успешна, каза младежът.

"Колко е хубаво да си в тази история. Нямах представа колко специална е планината в траекторията си, скъпи писателю, каза Амелиня.

— Той наистина е възхитителен, сестро. Освен това, приятелите ти са наистина мили. Ние живеем истинската измислица и това е най-прекрасното нещо, което съществува. (Белиня).

"Оценяваме комплимента. Въпреки това, трябва да сте уморени от усилията, положени за катеренето. Какво ще кажеш да се приберем вкъщи? Винаги имаме какво да предложим. (Госпожо).

"Възползвахме се от възможността да наваксаме разговорите си. Ренато ми липсва толкова много.

"Мисля, че е страхотно. Що се отнася до дамите, какво ще кажете?

"Ще ми хареса. (Белиня).

"Ще го направим!

"Тогава да вървим! Завършил е майстора.

Квинтетът започва да ходи в реда, даден от тази фантастична фигура. Веднага, студен удар през уморените скелети на класа. Коя беше тази жена и какви сили имаше? Въпреки толкова много моменти заедно, мистерията остана заключена като врата към седем ключа. Те никога няма да разберат, защото това е част от планинската тайна. В същото време сърцата им останаха в мъглата. Те бяха изтощени от даряването на любов и не получаваха, прощаваха и разочароваха отново. Както и да е, или са свикнали с реалността на живота, или ще страдат много. Затова се нуждаеха от съвет.

Стъпка по стъпка те ще преодолеят препятствията. Веднага чуват смущаващ писък. С един поглед шефът ги успокоява. Това беше смисълът на йерархията, докато най-силните и най-опитните защитени, слугите се връщаха с всеотдайност, поклонение и приятелство. Беше двупосочна улица.

За съжаление, те ще се справят с разходката с голяма и нежност. Каква идея беше минала през главата на Белиня ? Те бяха в средата на храста, разбити от гадни животни, които можеха да ги наранят. Освен това на краката им имаше тръни и заострени камъни. Тъй като всяка ситуация има своята гледна точка, да бъдеш там беше единственият шанс да разбереш себе си и желанията си, нещо дефицитно в живота на посетителите. Скоро приключението си заслужаваше.

На половината път ще спрат. Наблизо имаше овощна градина. Те се насочват към небето. В алюзия към библейската приказка те се чувствали напълно свободни и интегрирани в природата. Като децата играят на катерене по дърветата, взимат плодовете, слизат и ги ядат. След това медитират. Те са се научили веднага щом животът е създаден от моменти. Независимо дали са тъжни или щастливи, добре е да им се наслаждаваме, докато сме живи.

В по-късния миг те вземат освежаваща вана в прикрепеното езеро. Този факт провокира добри спомени от веднъж, от най-забележителните преживявания в живота им. Колко хубаво е да си дете! Колко трудно беше да пораснеш и да се изправиш пред живота на възрастните. Живейте с лъжата, лъжата и фалшивия морал на хората.

Продължавайки напред, те се приближават към съдбата. Надолу вдясно по пътеката вече можете да видите простата колиба. Това беше светилището на най-прекрасните, мистериозни хора в планината. Те бяха прекрасни, което доказва, че стойността на човек не е в това, което притежава. Благородството на душата е в характера, в благотворителността и консултативните нагласи. Така че, поговорката гласи: приятел на площада е по-добър от парите, депозирани в банка.

Няколко крачки напред, те спират пред входа на

кабината. Ще получат ли отговори на вътрешните ви запитвания? Само времето можеше да отговори на този и други въпроси. Важното в това беше, че те бяха там за всичко, което идва и си отива.

Поемайки ролята на домакинята, пазителят отваря вратата, давайки на всички останали достъп до вътрешността на къщата. Те влизат в празната кабина, наблюдавайки всичко широко. Те са впечатлени от деликатността на мястото, представена от орнаментите, предметите, мебелите и климата на мистерия. Противоречиво, имало е повече богатства и културно разнообразие, отколкото в много дворци. Така че можем да се чувстваме щастливи и пълноценни дори в скромна среда.

Един по един ще се настаните на наличните места, с изключение на това, че Ренато отива в кухнята, за да приготви обяд. Първоначалният климат на срамежливост е нарушен.

"Бих искал да ви опозная по-добре, момичета.

"Ние сме две момичета от Арко Верде Сити. Щастливи сме професионално, но губещи в любовта. Откакто бях предаден от стария си партньор, бях разочарован, призна Белиня.

"Тогава решихме да се върнем при мъжете. Сключихме пакт да ги примамим и да ги използваме като обект. Никога повече няма да страдаме, каза Амелинха.

"Давам им цялата си подкрепа. Срещнах ги в тълпата и сега тяхната възможност дойде да ги посетя тук. (Божият Син)

"Интересно. Това е естествена реакция на страданието от разочарования. Това обаче не е най-добрият начин, който трябва да се следва. Да се съди за цял вид по отношението на човек е явна грешка. Всеки има своята индивидуалност. Това ваше свещено и безсрамно лице може да генерира повече конфликти и удоволствия. От вас зависи да намерите правилната точка от тази история. Това, което мога да направя, е да подкрепя като ваш приятел и да стана аксесоар към тази история, анализирана свещения дух на планината.

"Ще го позволя. Искам да се озова в това светилище. (Амелинха).

"Приемам и вашето приятелство. Кой да знае, че ще участвам във фантастична сапунена опера? Митът за пещерата и планината изглежда такъв и сега. Мога ли да си пожелая нещо? (Белиня).

— Разбира се, скъпа.

"Планинските същности могат да чуят молбите на скромните мечтатели, както ми се е случвало. Имайте вяра! (Божият син).

"Толкова съм невярващ. Но щом казваш, ще опитам. Моля за успешен завършек на всички нас. Нека всеки от вас се сбъдне в основните области на живота.

"Давам го! Гърми дълбок глас в средата на стаята.

И двете курви са направили скок на земята. Междувременно останалите се засмяха и се разплакаха при реакцията и на двамата. Този факт беше по-скоро действие на съдбата. Каква изненада. Нямаше никой, който да може да предвиди какво се случва на върха на планината. Тъй като известен индианец е починал на мястото, усещането за реалност е оставило място за свръхестественото, мистерията и необичайното.

"Какво, по дяволите, беше този гръм? Треперя досега, призна Амелинха.

"Чух какво каза гласът. Тя потвърди желанието ми. Сънувам ли? попита Белиня.

"Чудеса се случват! С времето ще знаете точно какво означава да кажеш това, казал учителят.

"Аз вярвам в планината и вие също трябва да вярвате в нея. Чрез нейното чудо оставам тук убеден и в безопасност в решенията си. Ако се провалим веднъж, можем да започнем отначало. Винаги има надежда за живите - увери шаманът на екстрасенса, показващ сигнал на покрива.

"Светлина. Какво означава това? (Белиня).

"Толкова е красиво и светло. (Амелинха).

"Това е светлината на нашето вечно приятелство. Въпреки че изчезва физически, тя ще остане непокътната в сърцата ни. (Гардиън

"Ние всички сме светлина, макар и по различни начини. Нашата съдба е щастието. (Психиатърът).

Това е мястото, където Ренато идва и прави предложение.

"Време е да излезем и да намерим приятели. Дойде време за забавления.

"Очаквам го с нетърпение. (Белиня)

"Какво чакаме? Време е. (КРЕЩИ)

Квартетът излиза в гората. Темпото на стъпките е бързо това, което разкрива вътрешна мъка на героите. Селската среда на Мимосо допринесе за спектакъла на природата. С какви предизвикателства бихте се сблъскали? Ще бъдат ли опасни жестоките животни? Планинските митове могат да атакуват по всяко време, което е доста опасно. Но смелостта беше качество, което всички там носеха. Нищо няма да спре щастието им.

Моментът настъпи. В екипа на актива имаше чернокож мъж, Ренато, и русокос човек. В пасивния отбор бяха Божествено, Белиня и Амелинха. С формирания екип забавлението започва сред сивото зелено от селските гори.

Чернокожият се среща с Божественото. Ренато датира Амелиня и русокосият мъж се среща с Белиня. Груповият секс започва с обмена на енергия между шестимата. Всички те бяха за всеки за един. Жаждата за секс и удоволствие беше обща за всички. Променяйки позициите си, всеки изпитва уникални усещания. Те опитват анален секс, вагинален секс, орален секс, групов секс наред с други сексуални модалности. Това доказва, че любовта не е грях. Това е търговия с фундаментална енергия за човешката еволюция. Без вина, те бързо обменят партньор, който осигурява множество оргазми. Това е смес от екстаз, която включва групата. Те прекарват часове в секс, докато не се уморят.

След като всичко е завършено, те се връщат на първоначалните си позиции. В планината имаше още много за откриване.

Понеделник сутрин по-красива от всякога. Рано сутринта нашите приятели получават удоволствието да усетят топлината на слънцето и бризът, който се скита в лицата им. Тези контрасти предизвикаха във физическия аспект на същото добро чувство на свобода, задоволство, удовлетворение и радост. Те бяха готови да посрещнат новия ден.

Като се замислят, те концентрират силите си, като кулминацията им е повдигането. Следващата стъпка е да отидете в апартаментите и да го направите с изключителна скитничество, сякаш са от щата Баия. Да не нараняваме скъпите си съседи, разбира се. Земята на всички светии е грандиозно място, пълно с култура, история и светски традиции. Да живее Баия!

В банята свалят дрехите си от странното усещане, че не са сами. Кой е чувал за легендата за русата баня? След маратон от филми на ужасите беше нормално да си навлечеш неприятности с него. В послешния миг те кимат с глава, опитвайки се да бъдат по-тихи. Изведнъж на всеки от тях му идва на ум политическата им траектория, гражданската им страна, професионалната, религиозната им страна и сексуалният им аспект. Те се чувстват добре, че са несъвършени устройства. Те бяха сигурни, че качествата и дефектите добавят към тяхната личност.

Заключват се в банята. Отваряйки душа, те оставят горещата вода да тече през потните тела поради топлината от предната вечер. Течността служи като катализатор, абсорбиращ всички тъжни неща. Точно от това се нуждаеха сега: да забравят болката, травмата, разочарованията, безпокойството, опитвайки се да намерят нови очаквания. Настоящата година беше решаваща за това. Фантастичен обрат във всеки аспект от живота.

Процесът на почистване започва с използването на чистачки за тяло, сапун, шампоан отвъд водата. В момента те усещат едно от най-хубавите удоволствия, което ги принуждава да си спомнят прохода на рифа и приключенията на плажа. Интуитивно, дивият им дух моли за повече приключения в това, което остават, за да анализират възможно най-скоро. Ситуацията, благоприятствана от свободното време, постигнато в работата и на двамата, като награда за отдаденост на обществената служба.

За около 20 минути те оставят малко настрана целите си, за да изживеят отразяващ момент в съответната си интимност. В края на тази дейност те излизат от тоалетната, избърсват мокрото тяло с кърпата, носят чисти дрехи и обувки, носят швейцарски парфюм, внасят грим от Германия с истински хубави слънчеви очила и диадеми. Напълно готови, те се преместват в чашата с портмонетата си на лентата и се поздравяват щастливи от събирането благодарение на добрия Господ.

В сътрудничество те приготвят закуска от завист, пилешки сос, зеленчуци, плодове, сметана за кафе и бисквити. На равни части храната е разделена. Те редуват моменти на мълчание с кратка размяна на думи, защото са били учтиви. Закусвал, не е останало бягство, отколкото са възнамерявали.

— Какво предлагаш, Белиня? Скучно ми е!

"Имам умна идея. Помниш ли онзи човек, когото намерихме в тълпата?

"Спомням си. Той беше писател, а името му беше Божествено.

"Имам телефонния му номер. Какво ще кажеш да се свържем? Бих искал да знам къде живее.

"Аз също. Страхотна идея. Направи го. С удоволствие.

"Добре!

Белина отвори чантата си, взе телефона си и започна да набира. След няколко минути някой оттоваря на линията и разговорът започва.

"Здравейте.

"Здравей, Божествено, как си?

"Добре, Белиня. Какво става?

"Справяме се добре. Виж, тази покана още ли е? Аз и сестра ми бихме искали да направим специално шоу тази вечер.

"Разбира се, че да. Няма да съжалявате. Тук имаме триони, изобилна природа, чист въздух отвъд страхотната компания. Днес също съм на разположение.

"Колко прекрасно! След това ни изчакайте на входа на селото. В най-много 30 минути сме там.

"Добре! Така че, дотогава!

"Ще се видим по-късно!

Призивът приключва. С подправена усмивка, Белина се връща, за да общува със сестра си.

"Той каза "да". Да тръгваме ли?

"Хайде! Какво чакаме?

И двамата парадират от чашата до изхода на къщата, затваряйки вратата зад себе си с ключ. След това отидете в гаража. Пилотиране на официалния семеен автомобил, оставяйки проблемите си зад себе си в очакване на нови изненади и емоции на най-важната земя в света. През града, с включен силен звук, запазиха малката си надежда за себе си. Струваше си всичко в този момент, докато не се сетих за шанса да бъда щастлива завинаги.

С кратко време те поемат от дясната страна на магистрала BR 232. Така че, започнете курса на курса към постижение и щастие. С умерена скорост те могат да се насладят на планинския пейзаж по бреговете на пистата. Въпреки че беше известна среда, всеки пасаж там беше повече от новост.

Преминаване през места, ферми, села, сини облаци, пепел и рози, сух въздух и гореща температура отиват. В програмираното време те стигат до най-буколическия вход на вътрешността на щата Пернамбуко. Мимосо на полковниците, екстрасенса, непорочното зачатие и хора с висок интелектуален капацитет.

Когато се отбихте до входа на квартала, очаквахте скъпия си приятел със същата усмивка, както винаги. Добър знак за тези, които търсят приключения. Излезте от колата, отидете да се срещнете с благородния колега, който ги приема с прегръдка, която става тройна. Този миг сякаш не свършва. Те вече се повтарят, започват да променят първите впечатления.

"Как си, Божествено? (Белиня)

"Ами ти? (Психиатърът)

"Чудесно! (Белиня)

"По-добре от всякога" (Амелиня)

"Имам страхотна идея, какво ще кажете да се качим

на планината Ороруба? Точно преди осем години започна моята траектория в литературата.

"Каква красота! За мен ще бъде чест! (Амелиня)

"За мен също! Обичам природата! (Белиня)

"Така че, нека да вървим сега! (Алдиван)

Подписвайки се да го последва, мистериозната приятелка на двете сестри напредва по улиците на центъра на града. Надолу вдясно, влизайки в частно място и вървейки около сто метра, ги поставя в дъното на триона. Те правят бърза спирка за почивка и хидратация. Какво беше да изкачиш планината след всички тези приключения? Усещането беше мир, събиране, съмнение и колебание. Сякаш беше за първи път с всички предизвикателства, облагани от съдбата. Изведнъж приятелите се изправят срещу великия писател с усмивка.

"Как започна всичко? Какво означава това за вас? (Белиня)

"През 2009 г. животът ми се въртеше в монотонност. Това, което ме държеше жив, беше волята да Аз го изнасям, което чувствах в света. Тогава чух за тази планина и за силите на прекрасната му пещера. Няма изход, реших да рискувам в името на мечтата си. Събрах си багажа, изкачих се в планината, изпълних три предизвикателства, за които бях удостоен да вляза в пещерата на отчаянието, най-смъртоносната, опасна пещера на света. Вътре в него надминах големите предизвикателства, като приключих, за да стигна до залата. Точно в този момент на екстаз се случи чудото, аз станах екстрасенс, всезнаещо същество чрез неговите видения. Досега имаше още двадесет приключения и нямам намерение да спирам толкова скоро. С помощта на читателите, по малко, аз получавам целта си да завладея света. (Божият син)

"Вълнуващо! Аз съм твой фен. (Амелиня)

"Знам как трябва да се чувствате, когато изпълнявате тази задача отново. (Белиня)

"Много добре! Чувствам смесица от добри неща, включително успех, вяра, нокти и оптимизъм. Това ми дава добра енергия. (Психиатърът)

"Добре! Какъв съвет ни давате? (Белиня)

"Нека запазим фокуса си. Готови ли сте да разберете по-добре за себе си? (господарят)

"Да! Съгласиха се и на двамата.

"Тогава ме последвай!

Триото възобнови начинанието. Слънцето се затопля, вятърът духа малко по-силно, птиците отлитат и пеят, камъните и тръните сякаш се движат, земята се тресе и планинските гласове започват да действат. Това е околната среда, която се представя при изкачването на триона.

С много опит мъжът в пещерата помага на жените през цялото време. Действайки по този начин, той постави на практика добродетели, важни като солидарност и сътрудничество. В замяна те му придавали човешка топлина и неуравновесена отдаденост. Можем да кажем, че беше онова непреодолимо, неудържимо, компетентно трио.

Малко по малко те се изкачват стъпка по стъпка стъпките на щастието. С всеотдайност и упоритост те изпреварват по-високата антика, завършват една четвърт

ПЕРВЕРЗНИТЕ СЕСТРИ

от пътя. Въпреки значителните постижения, те остават неуморни в стремежа си. Те бяха, защото поздравления.

В продължение, забави темпото на разходката малко, но го поддържа стабилна. Както се казва, бавно отива далеч. Тази сигурност ги придружава през цялото време, създавайки духовен спектър от търпение, предпазливост, толерантност и преодоляване. С тези елементи те имаха вяра да преодолеят всяко бедствие.

Следващата точка, свещеният камък завършва една трета от курса. Има кратка почивка и те се радват да се молят, да благодарят, да обмислят и планират следващите стъпки. В правилната степен те се стремяха да задоволят своите надежди, страхове, болка, мъчения и скърби. Защото имат вяра, незаличим мир изпълва сърцата им.

С рестартирането на пътуването, несигурността, съмненията и силата на неочакваното се връща да действа. Въпреки че това може да ги уплаши, те носеха безопасността да бъдат в присъствието на Божието малко кълнове от вътрешността. Нищо или някой не би могъл да им навреди, просто защото Бог не би го позволил. Те осъзнаваха тази защита във всеки труден момент от живота, когато другите просто ги изоставяха. Бог всъщност е единственият ни истински и верен приятел.

Освен това те са половината път. Изкачването остава проведено с повече отдаденост и мелодия. Противно на това, което обикновено се случва с обикновените катерачи, ритъмът помага за мотивацията, волята и доставката. Въпреки че не бяха спортисти, беше забележително представянето им за това, че са здрави и отдадени млади.

От курса за третото тримесечие очакванията стигат до непоносими нива. Колко време ще трябва да чакат? В този момент на натиск най-доброто нещо, което можеше да се направи, беше да се опитаме да контролираме инерцията на любопитството. Всичко това сега се дължеше на действията на противниковите сили.

С малко повече време най-накрая завършват курса. Слънцето грее по-ярко, светлината на Бог ги осветява и излиза от пътека, пазителят и синът му Ренато. Всичко беше напълно преродено в сърцето на тези прекрасни малки. Те са спечелили тази благодат чрез закона за растениевъдството. Следващата стъпка на психиката е да се натъкне на здрава прегръдка със своите благодетели. Колегите му го следват и правят петорната прегръдка.

"Радвам се да те видя, сине Божий! Дълго време не се вижда! Майчинският ми инстинкт ме предупреди за подхода ти, дамата на предците.

Радвам се! Сякаш помня първото си приключение. Имаше толкова много емоции. Планината, предизвикателствата, пещерата и пътуването във времето белязаха моята история. Връщането тук ми носи добри спомени. Сега водя със себе си двама приятелски настроени воини. Те се нуждаеха от тази среща със свещения.

— Как се казвате, дами? (Пазителят)

"Казвам се Белина и съм одитор.

"Казвам се Амелиня и съм учителка. Живеем в Арко Верде.

"Добре дошли, дами. (Пазителят)

"Благодарни сме! каза едновременно двамата посетители със сълзи, които течаха през очите им.

"Аз също обичам новите приятелства. Това, че отново съм до господаря си, ми доставя особено удоволствие от неописуемите. Само хора, които знаят как да разберат това, сме двамата. Нали така, партньоре? (Ренато)

"Никога не се променяш, Ренато! Думите ти са безценни. С цялата си лудост, намирането му беше едно от хубавите неща на съдбата ми. Моят приятел и брат ми. (Психиатърът).

Те излязоха естествено за истинското чувство, което подхранваше за него.

"Ние сме съчетани в еднаква степен. Затова и нашата история е успешна", сподели младежът.

"Хубаво е да си част от тази история. Дори не знаех колко специална е планината в траекторията си, скъпи писателю", каза Амелиня.

— Той наистина е възхитителен, сестро. Освен това, приятелите ти са много приятелски настроени. Живеем истинска измислица и това е най-прекрасното нещо, което съществува. (Белиня)

"Благодарим ви за комплимента. Въпреки това, те трябва да са уморени от усилията, използвани в катеренето. Какво ще кажеш да се приберем вкъщи? Винаги имаме какво да предложим. (Госпожо)

"Възползвахме се от възможността да наваксаме разговорите. Много ми липсваш "Ренато си призна.

"Това е добре с мен. Страхотно е като за дамите, какво ми казват?

"Ще ми хареса!" твърди Белиня .
- Да, да вървим - съгласи се Амелиня.
"Така че, нека да вървим!" Учителят заключи.

Квинтетът започва да ходи в ред, даден от тази фантастична фигура. Точно сега, студен удар през уморените скелети на класа. Коя беше тази жена, коя беше тя, която имаше сили? Въпреки толкова много моменти заедно, мистерията остана заключена като врата към седем ключа. Те никога няма да разберат, защото това е част от планинската тайна. В същото време сърцата им останаха в мъглата. Те бяха изтощени от даряването на любов и не получаваха, прощаваха и разочароваха отново. Както и да е, или са свикнали с реалността на живота, или ще страдат много. Затова се нуждаеха от съвет.

Стъпка по стъпка ще преодолеете препятствията. В един момент чуват смущаващ писък. С един поглед шефът ги успокоява. Това беше смисълът на йерархията, докато най-силните и по-опитните защитени, слугите се връщаха с всеотдайност, поклонение и приятелство. Беше двупосочна улица.

За съжаление, те ще се справят с разходката с голяма и нежност. Каква беше идеята, която беше минала през главата на Белиня ? Те бяха в средата на храста, разбити от гадни животни, които можеха да ги наранят. Освен това на краката им имаше тръни и заострени камъни. Тъй като всяка ситуация има своята гледна точка, да бъдеш там беше единственият шанс, че можеш да разбереш себе си и желанията си, нещо дефицитно в живота на посетителите. Скоро приключението си заслужаваше.

На половината път ще спрат. Наблизо имаше овощна градина. Те се насочват към небето. В алюзия към библейската приказка те се чувствали взаимно свободни и интегрирани в природата. Като децата играят на катерене по дърветата, взимат плодовете, слизат и ги ядат. След това медитират. Те са се научили веднага щом животът е създаден от моменти. Независимо дали са тъжни или щастливи, добре е да им се наслаждаваме, докато сме живи.

В по-късния миг те вземат освежаваща вана в прикрепеното езеро. Този факт провокира добри спомени от веднъж, от най-забележителните преживявания в живота им. Колко хубаво е да си дете! Колко трудно беше да пораснеш и да се изправиш пред живота на възрастните. Живейте с лъжата, лъжата и фалшивия морал на хората.

Продължавайки напред, те се приближават към съдбата. Надолу вдясно по пътеката вече можете да видите простата колиба. Това беше светилището на най-прекрасните, мистериозни хора в планината. Те бяха невероятни какво доказва, че стойността на човек не е в това, което притежава. Благородството на душата е в характера, в нагласите на благотворителността и съветването. Ето защо те казват следното, казвайки: "По-добре приятел на площада струва колкото парите, депозирани в банка".

Няколко крачки напред, те спират пред входа на кабината. Получиха ли отговори на вътрешните си въпроси? Само времето можеше да отговори на този и други въпроси. Важното в това беше, че те бяха там за всичко, което идва и си отива.

Поемайки ролята на домакинята, пазителят отваря вратата, давайки на всички останали достъп до вътрешността на къщата. Те влизат в уникалната суетна кабина, като наблюдават всичко в голямото устройство. Те са впечатлени от деликатността на мястото, представена от орнаментите, предметите, мебелите и климата на мистерия. Напротив, на това място е имало повече богатства и културно разнообразие, отколкото в много дворци. Така че можем да се чувстваме щастливи и пълноценни дори в скромна среда.

Един по един ще се настаните на наличните места, с изключение на кухнята на Ренато, пригответе обяд. Първоначалният климат на срамежливост е нарушен.

"Бих искал да ви опозная по-добре, момичета. (Пазителят)

"Ние сме две момичета от Арко Верде Сити. И двамата се настаниха в професията, но губещи в любовта. Откакто бях предаден от стария си партньор, бях разочарован, призна Белиня.

"Тогава решихме да се върнем при мъжете. Сключихме пакт да ги примамим и да ги използваме като обект. Никога повече няма да страдаме. (Амелиня)

"Ще ги подкрепя всичките. Срещнах ги в тълпата и сега те дойдоха да ни посетят тук, а това принуди да поникне вътрешността.

"Интересно. Това е естествена реакция на страдащите разочарования. Това обаче не е най-добрият начин, който трябва да се следва. Да се съди за цял вид по отношението на човек е явна грешка. Всеки има своя индивидуалност.

Това ваше свещено и безсрамно лице може да генерира повече конфликти и удоволствия. От вас зависи да намерите правилната точка от тази история. Това, което мога да направя, е да подкрепя като ваш приятел и да стана аксесоар към тази история, анализирана свещения дух на планината.

"Ще го позволя. Искам да се озова в това светилище. (Амелиня)

"Приемам и вашето приятелство. Кой да знае, че ще участвам във фантастична сапунена опера? Митът за пещерата и планината изглежда такъв и сега. Мога ли да си пожелая нещо? (Белиня)

— Разбира се, скъпа.

"Планинските същности могат да чуят молбите на скромните мечтатели, както ми се е случвало. Имайте вяра! Това е мотивирало Божия Син.

"Толкова съм невярващ. Но щом казваш, ще опитам. Моля за успешен завършек на всички нас. Нека всеки от вас се сбъдне в основните области на живота. (Белиня)

"Давам го!" Гръмотевица дълбок глас в средата на стаята."

И двете курви са направили скок на земята. Междувременно останалите се засмяха и се разплакаха при реакцията и на двамата. Този факт беше по-скоро действие на съдбата. Каква изненада! Нямаше никой, който да може да предвиди какво се случва на върха на планината. Тъй като известен индианец е починал на мястото, усещането за реалност е оставило място за свръхестественото, мистерията и необичайното.

"Какво, по дяволите, беше този гръм? Засега треперя. (Амелиня)

"Чух какво каза гласът. Тя потвърди желанието ми. Сънувам ли? (Белиня)

"Чудеса се случват! С течение на времето ще знаете точно какво означава да кажете това. "Наслаждавайте се на господаря".

"Аз вярвам в планината и вие също трябва да вярвате. Чрез нейното чудо оставам тук убеден и в безопасност в решенията си. Ако се провалим веднъж, можем да започнем отначало. Винаги има надежда за живите. "Увери шамана в екстрасенса, показващ сигнал на покрива."

"Светлина. Какво означава това? Обляна в сълзи, Белиня.

"Тя е толкова красива, светла и говореща. (Амелиня)

"Това е светлината на нашето вечно приятелство. Въпреки че изчезва физически, тя ще остане непокътната в сърцата ни. (Гардиън)

"Всички ние сме леки, макар и по различни начини. Нашата съдба е щастието - потвърждава психиката.

Това е мястото, където Ренато идва и прави предложение.

"Време е да излезем и да намерим приятели. Дойде време за забавления.

"Очаквам го с нетърпение. (Белиня)

"Какво чакаме? Време е. (Амелиня)

Квартетът излиза в гората. Темпото на стъпките е бързо това, което разкрива вътрешна мъка на героите. Селската среда на Мимосо допринесе за спектакъла на природата. С какви предизвикателства бихте се сблъскали? Ще бъдат ли опасни жестоките животни? Планинските митове могат да атакуват по всяко време, което е доста опасно. Но смелостта беше качество, което всички там носеха. Нищо няма да спре щастието им.

Моментът настъпи. В екипа на актива имаше чернокож мъж, Ренато, и русокос човек. В пасивния отбор бяха Божествени, Белина и Амелия. Сформираният екип; Забавлението започва сред сивото зелено от селските гори.

Чернокожият се среща с Божественото. Ренато Дати Амелия и блондинката се среща с Белиня. Груповият секс започва с обмена на енергия между шестимата. Всички те бяха за всеки за един. Жаждата за секс и удоволствие беше обща за всички. Различни позиции, всеки от тях изпитва уникални усещания. Те опитват анален секс, вагинален секс, орален секс, групов секс наред с други сексуални модалности. Това доказва, че любовта не е грях. Това е търговия с фундаментална енергия за човешката еволюция. Без чувство за вина, те бързо обменят партньор, който осигурява множество оргазми. Това е смес от екстаз, която включва групата. Те прекарват часове в секс, докато не се уморят.

След като всичко е завършено, те се връщат на първоначалните си позиции. В планината имаше още много за откриване.

Край

www.ingramcontent.com/pod-product-compliance
Lightning Source LLC
LaVergne TN
LVHW021329080526
838202LV00003B/114